KB118460

당신이 있다면 당신이 있기를

송승환 시집

문학동네시인선 120 송승환

당신이 있다면 당신이 있기를

시인의 말

나는 있는다

2019년 5월
송승환

차례

어쩌면

아마도

만약

이화장梨花莊

하지만 실은 어쩌면 그러나 조금 굉장히 가까스로 가끔 그러나 그래도 그렇다면 그래 하마터면 어쩌면 그리고 짐짓 차라리 단김에 꼬박 거푸 따라서 더욱 도리어 그러나 그래도 그렇다면 슬그머니 문득 바라건대 불현듯이 시나브로 밤낮으로 온통 오직 끝까지 사뭇 아마 겨우 모처럼 실컷 아니 아예 한낱 참으로 철철이 켜켜이 통째로 툭하면 퍽 흠씬 힘껏 갑자기 흠뻑 돌연 한꺼번에 하기야 그러하다면 오로지 이대로 이로써 엉겁결에 물밀듯이 문득 여기에 십상 부디 아니나다를까 바야흐로 보아하니 쉽사리 스스로 일시에 더욱 그런데 의외로 막상 실제로 뜻밖에 다시 역시 기어이 그렇게 이제야 너무 더디게 천천히 그러므로 도무지 멋대로 마구 모조리 틀림없이 반드시 하지만 실은 어쩌면 그러나 조금 굉장히 가까스로

심우장尋牛莊

당신이 있다면 당신이 있기를 그친다면 당신이 드러난다면 마침내 당신이 밝혀진다면 이름은 부서져서 이름들이 된다 그럼에도 불구하고 지금 적어도 이른바 이제껏 허투루 이토록 한층 한달음에 함께 여름에 겨울에 남으로 북으로 좀처럼 자주 바닥으로 창공으로 바람으로 눈으로 영원히 절대로 가령 깊숙이 왼쪽으로 오른쪽으로 이를테면 솟구치듯 불쑥 마치 오히려 한결같이 완전히 헛되이 가까이 아니면 이윽고 그것뿐인 양 마치 아무것도 어떤 것도 더하지도 덜하지도 송두리째 봐란듯이 숫제 똑같이 아니 여기에 거기에 이미 살며시 밤마다 온전히 언제나 그러나 전혀 어쩌면 예외로 대부분 아마도 그처럼 그토록 텅 텅 그토록 그처럼 아마도 대부분 텅 텅 당신이 걸어나간다면 끝까지 예외로 어쩌면 전혀 그러나 언제나 온전히 밤마다 살며시 이미 거기에 여기에 아니 똑같이 덜하지도 더하지도 어떤 것도 아무것도 마치 그것뿐인 양 이윽고 아니면 가까이 완전히 한결같이 오히려 마치 불쑥 솟구치듯 마침내 당신이 밝혀진다면

어떤 목소리

1

자정

밤의 페이지
시침 분침 초침

책을 펼친다

2

병은 비어 있다
마저 한 방울 마신다

켜졌다
꺼졌다

건너편
건물 첨탑 불빛
붉은

유리
창문 의자 탁자 화분 화병 장미 벽지 책상 책장 장롱 호스링거 리넨 차트 선반 열쇠 액자 이불 침대 베개 커튼 천장

검다
검다

있다

아마도

만약 그리하여 그러므로 그러면 그예 그래서 그렇듯 하지만 그러기에 그런데 그렇지만 혹은 그래도 그제야 그러나 그리고 어쩌면

그림자

있다

아마도

3

밤의 거울
마주선다

사라진다 나타난다

또 하나의 목소리

1

돌 바깥에 있다

2

돌을 바라본다
밤이 시작된다

엘리베이터 에스컬레이터
멈춘다

자정
복도의 밤

녹슨 철문
복도의 밤

열렸다
닫힌다

발 아래 계단이 있다
믿을 것인가

나는 있다
믿을 것인가

계단 계단 계단
계단 계단 계단

열었다
닫힌다

딛는다

계단 계단 계단

계단 계단 계단

밤의 벽화

밤의 액자

밤의 돋을새김

밤의 기둥

밤의 궁륭

본다

만진다

맡는다

믿는다

그림자

믿을 것인가

3

돌은 돌이 있는 곳에 있다

다른 목소리

1

나는 언제 죽는 것이 적당한가

2

시멘트 바닥을 곡괭이로 내려친다
시멘트 바닥을 곡괭이로 내려친다

시멘트 바닥을 곡괭이로 긁는다
시멘트 바닥을 곡괭이로 긁는다

곡괭이 곡괭이 곡괭이

양날이 닳을 때까지
자루가 남을 때까지

자루가 손에 남는다

버릴 것인가 긁을 것인가

주먹이 손에 남는다

멈출 것인가 긁을 것인가

나는 바닥에 주먹을 댄다

3

형광등 현관문 비상구 아파트 경비실 가로등 건널목 신호등 자동차 클랙슨 클랙슨 타이어 타이어 사이렌 중앙선 지팡이 휠체어 유리창 그림자
나는 말하지 않는다

4

부서진 보도블록의 밤

건물의 벽들마다 어둠이 떨리는 것을 본다

길고양이 울음소리를 마신다

검은 피가 흐르는 공기를 만진다

하수구로 흘러들어가는 가로등 불빛을 맡는다

흩어진 유리 조각 흩날리는 원피스 여인 머리카락 향기를 듣는다

본다 마신다 만진다 맡는다 듣는다
믿는다

나는

만약

5

밤의 계엄령

총탄의 밤
불타는 방송국의 밤

나는 그 여자가 바라본 눈동자의 밤을 기억한다

나는 살아 있다

어쩌면

6

밤

걷는다

깉는다

딛는다

믿는다

싣는다

그러나 나는 아무것도 알지 못한다

돌

관의 덮개

뒷면이 있다

7

밤은 스스로 무엇을 하는지 모른다

모든 것이 가까이 있다

모든 것이 있다

병풍

1

이름

빈 무덤

어머니가 없다

2

솜으로 귀와 코를 막는다 눈을 감기고 턱을 받치고 입을 닫는다 머리를 높이 괸다 손발을 주무르고 몸을 눕힌다 백지로 얼굴을 덮는다 배 위에 왼손 오른손 올려놓는다 받침대로 옮기고 홑이불로 덮는다 병풍으로 가린다
향나무 삶은 물로 씻긴다 머리 빗질을 한다 자른 머리카락 깎은 손톱 발톱 주머니에 넣는다 이불에 넣는다 물 수건

빗 마당에 묻는다 몸을 관에 눕힌다 몸과 관 사이 메운다 문을 닫는다 나무못을 박는다 관을 묶는다 병풍으로 가린다
묘지 네 모서리 말뚝 아래 관이 내려간다

어머니가 있다

3

어머니가 없다 부를 것인가

어머니가 있다 부를 것인가

책

1

나는 읽는다

2

어머니
없다

흰 리본
검은 정장

액자 한복 소매 고름 동정 진동 끝동 배래 섶 길 깃 저고리 치마 폭 단 화병 꽃 반지 신발
없다

흰 종이

검은 잉크

나는 읽는다

3

자정
그리고 어머니가 나타난다

어머니 흰 종이 위로 걷는다
검은 잉크 발자국 찍힌다

어머니 페이지를 넘긴다
흰 종이에 번지는 검은 잉크

나는 어머니 따라 걷는다

나는 불 꺼진 연립 빌라 창문 따라 걷는다

나는 어머니 중얼거림 따라 걷는다

나는 공원 라일락 향기 따라 걷는다

나는 어머니 흩날리는 머리결 따라 걷는다

나는 크레인 옆으로 걷는다

나는 어머니 몸속 물길 따라 걷는다

나는 철거 예정 건물 벽들 따라 걷는다

나는 거리의 촛불 바라보며 걷는다

나는 어머니 거친 숨결 따라 걷는다

나는 막차 끊긴 지하철역 앞을 걷는다

나는 환한 불빛 상점 대로를 걷는다

나는 어머니 그림자 밟으며 걷는다

나는 골목으로 사라지는 연인 뒤를 걷는다

나는 신생아실 복도를 걷는다

나는 장례식장 복도를 걷는다

나는 어머니 목소리 기다리며 걷는다

나는 묘지 침묵 사이로 걷는다

나는 묘비명 읽으며 걷는다

나는 돌이 가득한 밤을 걷는다

나는 어머니 몸속을 통과하는 별빛을 보고 걷는다

나는 서리 내린 빈 들판을 걷는다

나는 별들이 사라진 하늘을 걷는다

나는 열린 하늘 향해 눈을 감고 걷는다

마침내 나는 멈춘다

나는 눈꺼풀 뒤편에서 동공 안으로 열리는 문 앞에 마주
선다

어머니가 보이지 않는다

읽을 것인가

4

밤
태양은 멀고 달은 가깝다

흰 태양
검은 달

무리

자정의 물방울
빛을 반사한다

둥근 테
그리고 비가 내린다

밤이 얼룩진다
책

5

나는 읽는다

어머니가 있다

나는 어머니 얼굴을 모른다

어머니가 없다

나는 읽을 것인가

플라스틱

1

희고 둥글다는 것은 무엇인가

크고 납작하다는 것은 무엇인가

얇고 움푹하다는 것은 무엇인가

길고 불룩하다는 것은 무엇인가

2

타오르는 불길 속 녹아 흐르는 용액

거푸집 속으로

흘러내리는 모든 것은 공기 속에서 굳어간다

플라스틱

플라스틱

접시 액자 창틀 의자
책상 책장 가방 상자
펌프 비닐 페트 튜브

나는 변하고 있다

나는 이름이 변하고 있다

나는

3

욕조

욕조

내가 가라앉는다면

내가 가로막힌다면

가로지른다면 가로채인다면 가려진다면 가신다면 갈라진다면 갈린다면 갈아든다면 갈아선다면 갉힌다면 감돈다면 같아진다면 거리낀다면 거스러진다면 거풀거린다면 건들거린다면 걸뜬다면 걸친다면 검실거린다면 겉돈다면 고부라진다면 고불거린다면 곯는다면 곰삭는다면 괸다면 괴어오른다면 구겨진다면 구른다면 굵어진다면 굽는다면 그친다면 긁힌다면 금간다면 기운다면 까매진다면 까진다면 깔린다면 깨진다면 꺼진다면 꺾인다면 꽂힌다면 꿀린다면 끈적인다면 끊긴다면 끌린다면 끓는다면

녹는다면

나는

나는

4

ㅛ에서 ㅗ까지
ㅛ에서 ㄱ과 ㅈ을 거쳐 ㅗ까지

욕조

ㅛ 바닥부터 숨을 채운다
ㄱ 숨을 가라앉힌다
ㅈ 숨이 넘친다

ㅗ 숨이 빠져나간다

욕조

물 한 방울 채우지 않고 공기 속으로 사라진다

5

나는 대기 속에 있다

구름…… 바람 속에서 일어나고 바람 속으로 나아가고 바람 속으로 흩어진다 구름…… 물방울에서부터 수증기 덩어리까지 구름…… 한 점 흰 빛 솜 불사르는 불꽃 솜 차갑고 두꺼운 검은 솜 구름…… 수직의 솟구침이 하늘에 펼쳐놓은 폭포 구름…… 팔월의 태양 속에서 정오의 고요가 타오른다

나는 빛의 물결 속에 떠 있다

어떤 형태를 지닌다는 것은 무엇인가

나는

나는

6

나는 끓어오르면서 녹고 녹아내리면서 흐르고 흘러내리면서 섞이고 섞이면서 눌리고 눌리면서 굳어간다

나는 모나거나 둥글거나 패었거나 평평하거나 무르거나 단단하거나 얇거나 두껍거나 희거나 검거나 크거나 작거나 길거나 짧거나

나는 팽창하면서 수축하고 폭발하면서 압축하고 펼쳐졌다 뭉개지고 쓰러졌다 일어서고

나는 물이고 불이고 흙이고 공기고 물이면서 불이고 불이면서 흙이고 흙이면서 공기다

나는 세계의 핵과 전자다

나는 늙고 젊으며 젊고 슬기로우며 슬기롭고 어리석다

나는 이주 노동자 여성이고 비정규직 남성 노동자다

나는 침몰하는 배에 갇힌 소년이고 탄창을 손에 쥔 사무원이고 전단지 뿌리는 학생이고 곡괭이 든 의사이고 펜을 든 농민이고 크레인 운전하는 교수이고 갱도 끝 광부다

나는 남성이면서 시인이고 시인이면서 여성이다

나는 바이올린이고 클라리넷이고 심벌즈이고

나는 나비이고 새이고 풀이고 사슴이다

나는 먼지이고 모래이고 자갈이고 바위이고 운석이고 별이다

나는 멀리 있으면서 가까이 있고 투명하면서 불투명하다

나는 언어 속에 있고 언어 속에 없다

나는 세계를 채우고 세계를 작동시킨다

모든 것이 나로부터 출발하고 모든 것이 나에게 도착한다

나는 모든 사물 속에서 기다린다

7

모든 것이 있다

모든 것이 되어가고 있다

욕조

1

내가 욕조 속으로 누울 때
욕실 주위로 검은 옷들이 흩어져 끌려나온다

내가 바라보지 않을 때
어머니는 드러나지 않고 나타난다

달
핏물이 번져간다

2

불 위의 눈송이
겨울 달빛이 흘려보내는 흐릿한 숨결의 리듬으로
길고 검은 머리카락이 춤추는 물결의 얼룩으로
파도 속에서 떨리는 바다의 물살을 잡고 있다

어머니

어떤 기나긴 푸른 불빛 속 저 먼 곳에서 얼굴 없이 흔들린다

어머니

바란다면 바라본다면 바라다본다면 바랜다면 바른다면 바로잡는다면 바르집는다면 바순다면 바친다면

나는

나는 맨발로 욕조 바닥을 딛는다

욕조

빨려들어가는 물소리에 내맡겨진 욕조

속에 나는 가라앉는다 뭍이 멀어진다 또다른 뭍이 다가온다 섬과 섬을 휘감고 돌아나가는 푸르고 검은 바다 바닥에 부딪힌다 구멍을 치고 들어왔다 빠져나가는 소리를 듣는다 나는 부서지는 포말 속에 손가락을 담근다 욕조는 방향을 바꾼다 나는 어디에 있다 잊는다

달의 창공은 왜 푸르고 희고 검은가

나는 생각하지 않는다

어머니가 물 안에 있다

나는 감각한다

나는 감각하지 않는다

3

사무실 집 거리 병원

나는 손잡이를 잡고 깨어난다

욕조가 있다

병원 거리 집 사무실

어머니는 어디에 있다

있다

1

욕조는 말한다

욕조浴槽는 물水이 흐르는 계곡谷에 앉아 나무木 마을曹을 바라보는 장소다 프랑스어 남성명사 뱅bain은 담그다 적시다라는 뜻을 거느린다 독일어 여성명사 바데바네Badewanne는 타원형이란 뜻을 품는다 스페인어 여성명사 바녜라bañera는 스키 트랙을 이루는 배수구도 뜻한다 포르투갈어 여성명사 바녜이라banheira는 목욕통과 목욕탕 여주인을 가리킨다

나는 무엇인가

내가 화랑에 전시되어 있을 때

내가 백화점 유리창에 진열되어 있을 때

누군가 나를 들어 유리창으로 내어던질 때

내 부서진 몸에 물을 담아 퍼 나를 때

내가 강물 위로 흘러가고 있을 때

내가 바다에 떠다니고 있을 때

내가 바다 속으로 가라앉고 있을 때

2

내가 말이 없었을 때 내가 말하지 않고 있었을 때 내가 말을 모르고 있었을 때 내가 아무것도 아니었을 때 내가 아무것도 아닌 것으로 가득 차 있었을 때 내가 어떤 물질도 아니었을 때 내가 나이고자 하는 힘과 내가 아니고자 하는 힘의 긴장 속에 있었을 때 내가 내 몸을 밀고 나가는 것과

밀고 들어오는 것 속에 있었을 때 내가 가득 차 있으면서 단단하게 비어 있었을 때 내가 시간의 흐름 속에 있었을 때 내가 과거와 현재를 지나 미래로 나아갔을 때 내가 돌이킬 수 없는 운동을 시작했을 때 어둠 속에서 분별할 수 없었을 때 돌연 빛이 나를 비추었을 때 내가 흩어졌다 모이고 합쳐졌다 떨어지고 다가왔다 멀어졌을 때 내가 더 이상 나눌 수 없는 덩어리였을 때

용광로 불꽃이 타오르고 있었다

3

나는 먹지 않는다

나는 듣지 않는다

나는 말지 않는다

나는 만지지 않는다

나는 보지 않는다

나는 눈을 뜨지 않는다 눈을 감지 않는다 잠자지 않는다 일어나지 않는다 눕지 않는다 서 있지 않는다 앉지 않는다 걷지 않는다 뛰지 않는다 웃지 않는다 울지 않는다 나는 손을 들지 않는다 나는 손을 내리지 않는다

나는 기다리지 않는다

나는

나는

4

자동차 가로수 아스팔트 터널 헤드라이트 중앙선 어둠 신호등 다리 타워 빌딩 자동문 로비 기둥 복도 계단 엘리베이터 버튼 벽 비상구 비상등 소화전 소화기 경보기 천장 환풍기 철문 손잡이 열쇠 책장 책상 스탠드 컴퓨터 서류 서류함

의자

나는 아무 이름도 아니다

5

갑자기 나를 욕조라 부른다

욕조

욕조

욕조

나는 씻는다

　 ㅛ ㄱ ㅈ ㅗ
ㅗ 　 ㅛ ㄱ ㅈ
ㅈ ㅗ 　 ㅛ ㄱ
ㄱ ㅈ ㅗ 　 ㅛ
ㅛ ㄱ ㅈ ㅗ

나는 짓는다

욕저 역저 역조
요적 요족 족요
적요 적여 족여
조역 저역 저욕

욕조

나는 태어난다

우연히

기어이

6

마침내

나는 거기 있는 자 앞에 있는다

거푸집

너는 나를 누른다

나는 흙이 누르고 불이 녹인 힘으로 태어난다

흙은 공기를 터트리고 물은 불을 꺼트린다

물은 공기를 떠올리고 공기는 불을 사른다

나는 내 육체 가득 채운 물과 공기의 흐름을 느낀다

나는 깨어나면서 세계를 잊고 잠들면서 세계를 감각한다

나는 딱딱하고 무르다

나는 네 앞에서 감추지도 드러나지도 않는다

너는 나를 바라본다

나는 마주선다

7

만일

물이어서 불이어서 흙이어서 공기여서

물이면서 불이면서 흙이면서 공기면서

물이거나 불이거나 흙이거나 공기거나

물이라면 불이라면 흙이라면 공기라면

나는

나는

너는

8

압력은

무엇인가

물기 있는 찰흙을 누르는 압력이 존재를 바꾼다 압력이 사라져도 찰흙은 변형을 유지한다

이것은 무엇인가

9

전라의 그녀가 내 몸속으로 들어온다

그녀가 내 육체에 드리워진 흰 구름 그림자를 바라본다

나는 수면 아래 배의 노로 보인다

새가 하늘을 가로질러간다

그녀는 새가 공기에 남긴 흔적을 뒤늦게 본다

공기는 축축하고 색깔이 변해 있다

그녀의 망막에 공기의 흔적이 맺힌다

그녀가 물 위로 떠오른다

10

욕조가 있다

어쩌면

에스컬레이터

1

눈보라 속에서
나는 얼음을 깨고 물을 긷는다

흰 들판
검은 집

나는 두 개의 물통을 지고 걷는다

2

길은 희다

3

나는 장작에 불을 붙이고 솥을 올린다
아들의 옷을 갈아입히고 의자에 앉힌다

나는 한잔의 술을 마시고
아들은 감자 한 알을 먹는다

4

말은 병이 들어 누워 있다
나는 마구간 빗장을 건다

5

나는
마구간에서 말을 끌어오고
침상에서 어머니를 끌어내리고

흙을 판다
말과 어머니를 묻는다

아들이 둥글게 눈을 뜨고 바라본다

6

얼음을 깰 수 없다

7

저 언덕 위에 흔들리는 나무가 있다

나는
썰매에 짐을 싣고 아들을 태운다

지나간 길은 검다

8

나는 나타나지 않고 드러난다

나는 아들과
탁자를 사이에 두고

다시 있다

9

B101*

1

테트라포드

재와 광선은 하나다
해와 시체는 하나다
새와 바위는 하나다

하나다
하나다
하나다

나는

검은 부두가 올려다보이는 선창에서 빗소리를 본다 붉은 집에서 새어나온 불빛들 파도에 젖는다 진홍빛 물결이 휘감아 돈다 나는 빛의 소용돌이 속에 있다 수평선이 무너진다 선실 천장에 금빛 물그림자 출렁인다

나는 비를 만진다

모든 것이 잠긴다

밤은

나는

2

큰바늘이 움직이지 않는 시계가 있다

성당은 바다 속에 있고 천사는 밀가루 반죽 속에 있다
안개는 철제 침대를 흐리고 눈은 초원에 쌓인다
피아노는 지중해에 있고 책상은 피레네에 있다
아이는 터널 속에 있고 젊은 엄마는 철로에 있다

배가 움직인다
시체들이 해류를 따라 떠돈다

살아 있는 누이는 죽은 자다
죽은 자만이 나의 가족이다

밤의 대기는 멈춰 있다

나는 난바다를 가로질러 나아간다

나는 뱅골 만을 지나고 있다
나는 아라비아 해를 지나가고 있다
나는 케이프타운을 돌아서고 있다
나는 기니 만에 접어들고 있다

나는 대서양을 횡단하고 있다

새가 돌아온다

너는

3

나는 밤의 해저에서 서른세번째 밤과 낮을 보낸다

나는 거대한 도시의 종이를 뜯어낸다
나는 무너지는 다리의 흙먼지를 맡는다
나는 보이지 않는 라듐의 방출을 듣는다

나는 해일이 지나간 건물 옥상 위에 있다

배가 움직인다

나는 종이로 장미를 접는다

나는 장미에 불을 붙인다

나는 사그라드는 불꽃 속에서 초록 문자를 꺼낸다

재가 움직인다

4

시멘트는 희거나 검거나 잿빛이다

마침내 나는 무덤이 보이는 모텔에 있다 땅속에 파묻힌
아주 멀리 흙은 높고 두텁다 밤은 끝없이 검다 나는 눕는
다 하수구로 쓸려가는 물소리가 머리를 관통한다

붉은 빛
흰 종이

나는 말하지 않는다 밤의 건축물이 솟아오른다
나는 말하지 않는다 밤의 타이어는 질주한다
나는 말하지 않는다 밤의 침묵은 왜 투명한 빛이 나는가

돌아본다
돌아선다

처해 있다

재의 밤을 태운다

나는 처해 있다

너는

5

B102*

1

나는 진원지로부터 멀리 떨어진 곳에서만 일어나는 해일을 생각한다
그리고 나는 세계의 밤에 내던져진다

2

나는 벽을 바라보는 자
나는 벽 뒤에 있는 자

나는 뜨거운 검은 비를 맞으며 해안에서 해안으로 달린다
나는 뜨거운 겨울의 검은 빛을 손으로 움켜쥔다

나는 모래밭에 엎드린다

나는 터키 푸른 해변에 엎드린 아이의 붉은 옷을 맡는다
나는 밀려오는 세계의 파도에 내어 맡긴다

나는 물속으로 사라진 목소리를 들을 때
나는 나에게 가장 가깝고 가장 멀리 있다

택시 기사는 내가 가야 할 모르는 곳을 묻는다
밤의 백화점—꽃 불 빛 피

나는 아랍에미리트 아부다비 호텔에 있다

나는 밤의 공항에 있다
나는 밤의 사막을 듣고 있다
나는 밤의 오아시스를 마시고 있다

나는 무엇을 위해 있는가

3

그리고 밤은 물결친다

나는 아무도

나는 아무도
나는 아무도

나는 아무것도

해저 터널 주위를 맴도는
검은 소용돌이

끝없는

물결

아니다
아니다
아니다

너는

4

검버섯
썩은 선인장

흰 버스와 검은 승용차
행렬

밤의 비행기
비행기가 움직인다

세계는

너는

배는 밤의 동굴 속에 있다

부르튼 시체의 손목이 밤의 바닥에서 떠오른다
나는 손목을 잡는다

밤
보이지 않는 파고와 회오리의 파랑

밤

나는 있다

간신히

그토록

기꺼이

기어이

돌연

너는

나는

* 아르튀르 랭보로부터

B103*

1

태양이 사라지는 수평선 아래로 바다가 깃발로 물결치고 있다
흰 배가 빛을 향해 움직이고 있다

저녁 광선
수직 구름을 통과한다

주홍빛 수면에 일렁이는 피와 검은 레이스
물길 속으로 울려퍼지는 파이프 오르간

흰 배가 빛을 향해 움직이고 있다

너는

나는 수에즈 운하를 통과한다
나는 마르세유 연안에 도착한다

나는 몬테비데오 연안에 있다
나는 산티아고 해변에 있다

손바닥 구멍에서 벌레가 기어나오고 있다

입술은 눈을 뜬 물고기 배 속에 있다
찢어진 눈꺼풀을 들여다보는 소녀의 푸른 눈동자가 있다
짧고 뭉툭한 손가락을 집는 그리스 어부가 있다

바다 정원의 꽃들 사이로 흩어진 내 육체는 빛을 향해 나아가고 있다

2

일렁이는 피와 검은 레이스

물길 속으로 울려퍼지는 파이프 오르간

물거품이 떼 지어 떠오른다
물고기들이 튀어오른다

너는 검붉은 물회오리 속에 서 있다

너는

너는 살아
너는 살아

희거나 검거나 붉거나

세계로부터

3

그러나 나는 깃발 위에

깃발

깃발

깃발

검은

검은

검은

검은 돌 흰 돌

1

나는 두 개의 무덤
사이에서 태어난다

나는

극지의 바닥으로 내려간 자정을 알고 있다
적도의 바다 한 점에 머무는 자정을 알고 있다

나는

얼음을 두 손으로 부숴 삼킨다
빙하의 밤 심해의 쇄빙선 안에 갇혀 있다

검은 돌
검은 돌

그림자

자정에서 자정으로
백야에서 백야로

그러나 나는 도끼로

망치로

쐐기로

작살로

나는 투명한 얼음의 밤을 깨뜨릴 수 있는가

2

아이가 묻는다 열쇠는 무엇인가요 침몰한 배의 철문 앞에서

열쇠는 열다와 쇠

열다 닫다 열다 닫다 닫다 닫히거나 잠긴 것 트는 것 벗기는 것 막힌 것 치우고 통하는 것 서랍의 밀폐된 공기를 풀어놓는 것 백지의 책을 펼치는 것 뒤틀리고 불투명하고 선으로 이어지고 끊어진 자리로 이어진 글자 씻어내는 것 이름도 없이 반짝이며 너울지는 은빛 물결 들어올리는 것 바다의 장막과 마주서는 것

쇠

쇠

철의 바람 소리를 눈으로 듣는 것 마주치는 것

칼을 받아들이는 것

솟구치는 피의 음악 속으로 잠겨드는 것

가라앉은 배의 키를 놓치지 않는 것

파선의 바닥에서

쇠

쇠

내가 쓰는 것

묻는다

묻는다

3

마뇰magnol
마뇰리아
매그놀리아
머그올려
먹올려
목올여
목려
목련

공기의 진동을 일으키는 밤의 태양

검은 12월
대륙의 흙과

흰 1월
바다의 파고를 타고 오는 소리

꽃은

맞닿아 있는가
맞닿아 있는가

숨은
결은

열릴 것인가

목련

숨결의 멈춤과 그 너머가 있다

목련

아이가 말한다

하얗게 타오르는 빛 속에 용솟음치는 검은 재가 있다

4

노를 젓는다
노를 젓는다

바다의 심원에 파묻힌 선실 안에서
움직이지 않는 어둠의 선체 안에서

부러진 나무를 연필 삼아
찢어진 옷깃을 종이 삼아

흔적 없는 밤의 팔 젓기로
필적 없는 밤의 노 젓기로

밤의 페이지에 쓴다

나는 모든 빛이 통과하는 어둠 속에 서 있다
나는 닻을 늘어뜨리고 암초를 긁으며 좌초된 배 안에 있다
나는 하나의 짐이 아니라 하나의 힘이 되는 기억을 갖고 있다
나는 수평선 위로 솟아오르는 자줏빛 태양의 광선을 떠올린다
나는 광대한 검정을 가리키는 아이의 흰 손가락을 바라본다

계속할 것인가 멈출 것인가

나는

납빛

낯빛

그림자는
만질 수 있는 것이 아니라 나타나는 것이다

밤의 미광 속에서
밤의 정적 속에서

검은 돌
검은 돌

흰 돌

아이는

묻는다

묻는다

5

검은 깃털은 검은 깃털에서 나온 것인가
검은 돌은 검은 돌로 남는가

초록의 에메랄드는 태양의 광원 속에서 왜 희거나 붉거나 푸르거나 검은가
백조는 백조이고 흰 돌은 흰 돌인가

삼월에 명자가 떨어지면 슬픈 것인가
삼월에 아이가 태어나면 기쁜 것인가

사월은

아직 존재하지 않는 것
이미 존재하는 것
지금 지나가고 있는 것

끊임없이

아무도 아닌 것
아무것도 아닌 것

파도는 흰 모래밭에 검은 거품을 남긴다
파도는 흰 모래밭에 거문 거품을 남긴다

아이는

끝없이

끝까지

계속

거침없이

6

도끼로

망치로

쐐기로

무력하게

무용하게

무참하게

무한히

빙하를

백지를

무덤을

바다를

바닥을

나는

마치

아마도

해설

론 없는 서-본-결

김정환(시인)

서

시집 제목은 『당신이 있다면 당신이 있기를』 시인의 말은 '나는 있는다' 전체 구성은 '만약-어쩌면-아마도'. 이거, 예상보다 더 불길하군…… 아무래도 바로 전(前) 시집에서 출발하는 것이 좋겠다. 2011년 출간된 『클로로포름』(문학과지성사, 2011)에 「마이크」라는 같은 제목의 시가 네 편 있다.

(1)
나는 세계에서 지워지고 있다

나는 내 몸 속을 울리며 사라져가는 그녀의 모든 말을 증폭시킨다

나는 말한다

(2)
천천히 내 육체를 움켜지는 희고 차가운 손
나는 목덜미부터 허리 아래까지 내맡긴다

내 귓불에서 벌어지는 그녀의 입술
타고 흐르는 숨결

두 귀로부터 발끝에 이르기까지 머무는 떨림

들린다

나는 입술을 벌리고 기다린다

(3)
빈 곳의 중심으로 응축되는 그녀의 말은 사물이다

사물들이 내 육체를 관통한다

내 입술에서 터져 나가 검은 무대의 벽면에 부딪친다
나는 부서지는 소리의 잔향을 듣는다

나는 말한다

공중에 풀어지는 푸른 잉크의 언어

다시 들린다

(4)
내가 세워지는 곳은 검은 극장 빈 무대

나는 기다린다 나는 말하지 않는다 나는 말한 것이다
(……)

이 작품에 대해 나는 이렇게 썼다.

형용 불가한 것이 형용 불가하다고 여러 겹으로 말하는 사이사이 더 미세한 형용 불가들이 더이상 미세화를 견디지 못하겠다는 듯이. 생(사)의 선악과 (욕)망의 희절(希切) 일체를 가장 조그맣게 압축한 그, 형상화 실패 너머 무한 생략의, 불가능 자체의 완벽. 그것이 바로 형상화라는 듯이. 아주 희미하게 묻은 '흔적들', 그리 빛나는 것이 그리 슬플 수 없다.

본

그리고 이 시집에 실린 시들은 하나같이 차라리 통째 사라져도 그만일 망정 한두 줄 없어지는 것을 결코 허락하지 않는다. 즉, 부분 인용이 불가능하다. 첫 시 「이화장」은 부사와 접속사만 있지만, 그래서 더욱 아예 인용을 안 하면 모를까 부분 인용이 불가능하다.

하지만 실은 어쩌면 그러나 조금 굉장히 가까스로 가끔 그러나 그래도 그렇다면 그래 하마터면 어쩌면 그리고 짐짓 차라리 단김에 꼬박 거푸 따라서 더욱 도리어 그러나 그래도 그렇다면 슬그머니 문득 바라건대 불현듯이 시나브로 밤낮으로 온통 오직 끝까지 사뭇 아마 겨우 모처럼 실컷 아니 아예 한낱 참으로 철철이 켜켜이 통째로 툭하면 퍽 흠씬 힘껏 갑자기 흠뻑 돌연 한꺼번에 하기야 그러하다면 오로지 이대로 이로써 엉겁결에 물밀듯이 문득 여기에 십상 부디 아니나다를까 바야흐로 보아하니 쉽사리 스스로 일시에 더욱 그런데 의외로 막상 실제로 뜻밖에 다시 역시 기어이 그렇게 이제야 너무 더디게 천천히 그러므로 도무지 멋대로 마구 모조리 틀림없이 반드시 하지만 실은 어쩌면 그러나 조금 굉장히 가까스로

이화장은 우남 이승만의 해방 정국 거처다. 특히 짤막한 교양의 상투로 형편없이 왜곡된, 에피소드로 전락한 역사를 처음부터 다시 제대로 길고 복잡하게 말하기 위하여 시인은 전보다 한 발 더 나아가 부사와 접속사만 남기는 테러를 감행, 하나? 동시에 특히 말하는 것이 불가능하다고 말하는 것보다 더 과감하게 그냥 철저하게 불가능하나? 그러고도 특히 어떤 요상한 이론의 개입을 사전에 일체 배제하기 위하여 무의미에 빈틈이 없다. 빈틈없는 무의미 이론이 끼어들 빈틈도 없이 서너 발짝 더 물러나고 여유는커녕 바싹 조

이는 것보다 더 가차없이 물러난다. 그래놓고는 무슨, 해설을 쓰라는 거지? 해설이 불가능하다고 말하는 것보다 과감하게 그냥 불가능하라고?

주고받듯 곧바로 이어지는 시의 제목 「심우장」은 만해 한용운의 일제시대 거처다.

당신이 있다면 당신이 있기를 그친다면 당신이 드러난다면 마침내 당신이 밝혀진다면 이름은 부서져서 이름들이 된다 그럼에도 불구하고 지금 적어도 이른바 이제껏 허투루 이토록 한층 한달음에 함께 여름에 겨울에 남으로 북으로 좀처럼 자주 바닥으로 창공으로 바람으로 눈으로 영원히 절대로 가령 깊숙이 왼쪽으로 오른쪽으로 이를테면 솟구치듯 불쑥 마치 오히려 한결같이 완전히 헛되이 가까이 아니면 이윽고 그것뿐인 양 마치 아무것도 어떤 것도 더하지도 덜하지도 송두리째 바란듯이 숫제 똑같이 아니 여기에 거기에 이미 살며시 밤마다 온전히 언제나 그러나 전혀 어쩌면 예외로 대부분 아마도 그처럼 그토록 텅 텅 그토록 그처럼 아마도 대부분 텅 텅 당신이 걸어나간다면 끝까지 예외로 어쩌면 전혀 그러나 언제나 온전히 밤마다 살며시 이미 거기에 여기에 아니 똑같이 덜하지도 더하지도 어떤 것도 아무것도 마치 그것뿐인 양 이윽고 아니면 가까이 완전히 한결같이 오히려 마치 불쑥 솟구치듯 마침내 당신이 밝혀진다면

—「심우장」 전문

심우장을 위해 이화장이 있었거나 이화장의 결과로 심우장이 가능했다고 볼 필요는 없을 것이다. 송승환은 정치-소재적 성향의 소유자가 결코 아니다. 다만 정말로 새로운 것은 늘 의미와 무의미 사이, 그러니까 구상과 비구상 사이 모종의 건축 행위가 있는 것으로 시작되고 그렇게 우리는 개판인 이화장에서 초심의 심우장으로 돌아가지 않고 현실의 이화장에서 현실의 희망인 미래 심우장으로 가까스로 넘어왔다. '나는 있는다'의 삼위일체 '만약-어쩌면-아마도'에서 뭔가 윽박지르는 듯했던 시집 제목이, 말이 제대로 되는 한 최대로 길어지는 문장의 대미를 당당하게 장식하는 차원에 가까스로 달한 것이다. 그렇게 태어나는 것은 이야기의 장식 아니라 원인이고 문법인 시(詩)다.

결

그뒤의 모든 시들이 그렇게 열린 공간에서 겨우겨우 가능한 표현들이지만 또한 그렇게 자유자재할 수가 없다. 「마이크」는 이제 와서 보면 언어-장식 미학에서 말라르메를 넘어섰으나 말라르메가 정교의 극한을 구사했을 뿐 정말 새로운 시를 썼다고 하기 힘든 것이니 말라르메 극복 또한 그럴 밖에 없었겠다. 그리고 팔 년이 지난 이번 시집에서 그는 마침내 기를 쓰고 새롭다. 내가 보기에 그는 아무도 가지 않았거나 못했거나 가고 싶지 않았던 길로 들어섰다. 시를 다 읽고 다시 목차를 읽으면 미궁인 원인-문법들의 잘 짜인 장시로 읽힐 만하다. 만약 이화장 심우장 어떤 목소리 또 하나의 목소리 다른 목소리 병풍 책 플라스틱 욕조 있다 어쩌면 에스컬레이터 B101 B102 B103 검은 돌 흰돌 아마도…… 아마도 뒤에는 아무 것도 없으니 우리는 마지막으로 「검은 돌 흰돌」을 읽자. 무슨 말인지 이해하고 싶기 전에 체험하듯 읽는다면 이 해설(불가능)의 론(論)없는 서와 본에 이어 끝까지 론 없는 결로 꽤나 적절할 것이다. 물론 전문이다.

1

나는 두 개의 무덤
사이에서 태어난다

나는

극지의 바닥으로 내려간 자정을 알고 있다
적도의 바다 한 점에 머무는 자정을 알고 있다

나는

얼음을 두 손으로 부숴 삼킨다
빙하의 밤 심해의 쇄빙선 안에 갇혀있다

검은 돌
검은 돌

그림자

자정에서 자정으로
백야에서 백야로

그러나 나는 도끼로

망치로

쐐기로

작살로

나는 투명한 얼음의 밤을 깨뜨릴 수 있는가

2

아이가 묻는다 열쇠는 무엇인가요 침몰한 배의 철문 앞에서

열쇠는 열다와 쇠

열다 닫다 열다 닫다 닫다 닫히거나 잠긴 것 트는 것 벗기는 것 막힌 것 치우고 통하는 것 서랍의 밀폐된 공기를 풀어놓는 것 백지의 책을 펼치는 것 뒤틀리고 불투명하고 선으로 이어지고 끊어진 자리로 이어진 글자 씻어내는 것 이름도 없이 반짝이며 너울지는 은빛 물결 들어올리는 것 바다의 장막과 마주서는 것

쇠

쇠

철의 바람 소리를 눈으로 듣는 것 마주치는 것

칼을 받아들이는 것

솟구치는 피의 음악 속으로 잠겨드는 것

가라앉은 배의 키를 놓치지 않는 것

파선의 바닥에서

쇠

쇠

내가 쓰는 것

묻는다

묻는다

3

마뇰magnol
마뇰리아
매그놀리아
머그올려
먹올려

목올여
목려
목련

공기의 진동을 일으키는 밤의 태양

검은 12월
대륙의 흙과

흰 1월
바다의 파고를 타고 오는 소리

꽃은

맞닿아 있는가
맞닿아 있는가

숨은
결은

열릴 것인가

목련

숨결의 멈춤과 그 너머가 있다

목련

아이가 말한다

하얗게 타오르는 빛 속에 용솟음치는 검은 재가 있다

4

노를 젓는다
노를 젓는다

바다의 심원에 파묻힌 선실 안에서
움직이지 않는 어둠의 선체 안에서

부러진 나무를 연필 삼아
찢어진 옷깃을 종이 삼아

흔적 없는 밤의 팔 젓기로
필적 없는 밤의 노 젓기로

밤의 페이지에 쓴다

나는 모든 빛이 통과하는 어둠 속에 서 있다
나는 닻을 늘어뜨리고 암초를 긁으며 좌초된 배 안에 있다
나는 하나의 짐이 아니라 하나의 힘이 되는 기억을 갖고 있다
나는 수평선 위로 솟아오르는 자줏빛 태양의 광선을 떠올린다
나는 광대한 검정을 가리키는 아이의 흰 손가락을 바라본다

계속할 것인가 멈출 것인가

나는

납빛

낯빛

그림자는
만질 수 있는 것이 아니라 나타나는 것이다

밤의 미광 속에서
밤의 정적 속에서

검은 돌
검은 돌

흰 돌

아이는

묻는다

묻는다

5

검은 깃털은 검은 깃털에서 나온 것인가
검은 돌은 검은 돌로 남는가

초록의 에메랄드는 태양의 광원 속에서 왜 희거나 붉거나 푸르거나 검은가

백조는 백조이고 흰 돌은 흰 돌인가

삼월에 명자가 떨어지면 슬픈 것인가
삼월에 아이가 태어나면 기쁜 것인가

사월은

아직 존재하지 않는 것
이미 존재하는 것
지금 지나가고 있는 것

끊임없이

아무도 아닌 것
아무것도 아닌 것

파도는 흰 모래밭에 검은 거품을 남긴다
파도는 흰 모래밭에 거문 거품을 남긴다

아이는

끝없이

끝까지

계속

거침없이

6

도끼로

망치로

쐐기로

무력하게

무용하게

무참하게

무한히

빙하를

백지를

무덤을

바다를

바닥을

나는

마치

새로운 문법도 새로운 원인도 시에서 문제는 그 새로운 미학이다. 지치지 않고 그 길을 계속 가고 더 나아갈 수 있기를.

송승환 1971년 광주에서 태어나 2003년 『문학동네』 신인상에 시가, 2005년 『현대문학』 신인 추천에 평론이 당선되어 등단하였다. 시집 『드라이아이스』 『클로로포름』, 평론집 『측위의 감각』 등이 있다.

문학동네시인선 120
당신이 있다면 당신이 있기를

1판 1쇄 2019년 5월 9일
1판 2쇄 2019년 12월 30일

지은이 | 송승환
펴낸이 | 염현숙
책임편집 | 김봉곤
편집 | 김영수 강윤정 김민정
디자인 | 수류산방(樹流山房)
본문 디자인 | 유현아
마케팅 | 정민호 박보람 나해진 최원석 우상욱
홍보 | 김희숙 김상만 오혜림 지문희 우상희
제작 | 강신은 김동욱 임현식
제작처 | 영신사

펴낸곳 | (주)문학동네
출판등록 | 1993년 10월 22일 제406-2003-000045호
주소 | 10881 경기도 파주시 회동길 210
전자우편 | editor@munhak.com
대표전화 | 031) 955-8888 팩스 | 031) 955-8855
문의전화 | 031) 955-3576(마케팅), 031) 955-1920(편집)
문학동네카페 | http://cafe.naver.com/mhdn
북클럽문학동네 | http://bookclubmunhak.com

ISBN 978-89-546-5611-5 03810

* 이 책은 서울문화재단 '2017년 문학창작집 발간지원사업'의 지원을 받아 발간되었습니다.

* 이 도서의 국립중앙도서관 출판예정도서목록(CIP)은 서지정보유통지원시스템 홈페이지(http://seoji.nl.go.kr)와 국가자료공동목록시스템(http://www.nl.go.kr/kolisnet)에서 이용하실 수 있습니다. (CIP 제어번호 : CIP2019014909)

www.munhak.com
문학동네